# madrugada
## CONTOS

# ORÍGENES LESSA

# madrugada
CONTOS

*Estabelecimento do texto,
apresentação e nota biográfica*
Eliezer Moreira

*Coordenação Editorial*
André Seffrin

São Paulo
2016

© Condomínio dos Proprietários dos Direitos Intelectuais
de Orígenes Lessa
Direitos cedidos por Solombra – Agência Literária
(solombra@solombra.org)
7ª Edição, Global Editora, São Paulo 2016

> **Jefferson L. Alves** – diretor editorial
> **Gustavo Henrique Tuna** – editor assistente
> **André Seffrin** – coordenação editorial
> **Eliezer Moreira** – estabelecimento de texto,
> apresentação e nota biográfica
> **Flávio Samuel** – gerente de produção
> **Jefferson Campos** – assistente de produção
> **Flavia Baggio** – preparação e revisão de texto
> **Fernanda B. Bincoletto** – revisão
> **Tathiana A. Inocêncio** – projeto gráfico
> **Eduardo Okuno** – capa
> **John Churchman/Corbis/Latinstock** – foto de capa

Obra atualizada conforme o
NOVO ACORDO ORTOGRÁFICO DA LÍNGUA PORTUGUESA.

A Global Editora agradece à Solombra – Agência Literária pela
gentil cessão dos direitos de imagem de Orígenes Lessa.


CIP-BRASIL. CATALOGAÇÃO NA PUBLICAÇÃO
SINDICATO NACIONAL DOS EDITORES DE LIVROS, RJ

L631m
7. ed.

   Lessa, Orígenes, 1903-1986
Madrugada / Orígenes Lessa ; coordenação André Seffrin , Eliezer
Moreira. – 7. ed. – São Paulo : Global, 2016.

   ISBN 978-85-260-2254-6

   1. Conto brasileiro. I. Seffrin, André. II. Moreira, Eliezer. III.
Título.

15-28883                                                              CDD: 869.93
                                                                 CDU: 821.134.3(81)-3

Direitos Reservados

**global editora e distribuidora ltda.**
Rua Pirapitingui, 111 – Liberdade
CEP 01508-020 – São Paulo – SP
Tel.: (11) 3277-7999 – Fax: (11) 3277-8141
e-mail: global@globaleditora.com.br
www.globaleditora.com.br

Colabore com a produção científica e cultural.
Proibida a reprodução total ou parcial desta obra
sem a autorização do editor.

Nº de Catálogo: **3649**

O escritor Orígenes Lessa.

# SUMÁRIO

Nota de Apresentação – Eliezer Moreira        9

Madrugada        13

As cores        21

Mal-entendido        28

Dona Rosaura        32

O Esperança Futebol Clube        39

Colher de chá        48

Valente        56

Nota biográfica        67

# NOTA DE APRESENTAÇÃO

A coletânea reunida em *Madrugada* é uma amostragem representativa do que Orígenes Lessa produziu no gênero que o consagrou – o conto. Representativa pela variedade dos temas e ambientes, e mesmo dos personagens – estão aqui tipos humanos dos mais bem traçados pelo escritor, em especial, os femininos. Como a Maria Alice de "As cores", uma deficiente visual de sensibilidade exemplar, a refletir em casa sobre a sua vida – sobre o mistério e o fascínio das cores que ela jamais enxergou – enquanto espera a família voltar do cinema. Como a dona Rosaura, cativante personagem do conto homônimo, com a sua modesta pensão de beira de praia, a Pensão Alegria, onde o que não lhe faltam – sutil ironia – são as mais tristes e doridas lembranças do filho morto no mar. E as duas moradoras de um morro do Rio – Filomena e Eufrosina – a primeira uma lutadora, que vive de lavar roupa para fora, sofrendo o terrível dilema entre manter a dignidade de educar os filhos para o trabalho, ou permitir que eles sirvam de chamariz para que sua vizinha, espertamente, sobreviva da mendicância, pagando-lhe comissão pelo aluguel das crianças.

Para um autor que se consagrou também no gênero infantojuvenil, em que a presença de personagens animais – ou animais personagens – é uma constante, aqui, numa perspectiva diversa, Orígenes nos põe diante de duas dessas criaturas ditas irracionais – em "Madrugada" um cachorro vira-lata se aproxima do narrador, o humano tão completamente perdido quanto o bicho, numa cidade estranha, à procura de alguma farmácia aberta em plena madrugada, e se tornam amigos por algumas horas até o desenlace comovente. E em "Valente", apresenta-nos um cavalo que, incapaz de falar, no entanto, sabe perfeitamente se impor diante do chicote e das esporas fazendo apenas o que lhe manda o instinto, não o que lhe ordena o cavaleiro.

Em "Mal-entendido", pequena obra-prima do conto de desfecho anedótico – gênero de que foi mestre o Guimarães Rosa de *Tutameia* – Orígenes Lessa põe em confronto dois garotos, um morador rico do asfalto, o outro morador do morro, amigos da pelada na mesma praia de Copacabana – "O primeiro traz a bola. O segundo traz o jogo." – e com sutileza e maestria leva o leitor a um final surpreendente e divertido. Por fim, desmentindo certa tese mais ou menos corrente de que o futebol – esporte nacional – não tem rendido boa literatura no Brasil, Orígenes nos dá a história também comovedora de um bravo e aguerrido timezinho interiorano, o Esperança Futebol Clube, no conto do mesmo título. Um livro formidável.

*Eliezer Moreira*

# madrugada
CONTOS

# MADRUGADA

Dobrei a esquina do hotel, cansado e com sono. Caminhara o dia inteiro, tomando contato com a cidade, olhando vitrinas, examinando tipos, lendo tabuletas e painéis, admirando mulheres, ouvindo frases soltas, de diálogos alheios, procurando reconstituir, pela frase mal ouvida, o rumo da conversa, o drama, a intriga, o mexerico, os interesses que uniam aquela gente cheia de gestos e abraços.

Duas da madrugada. Às sete devia estar no aeroporto. Foi quando me lembrei de que na pressa daquela manhã, numa outra cidade, ao sair do hotel, deixara no banheiro o meu creme dental. Examinei a rua. Nenhuma farmácia aberta. Dei meia-volta, rumei por uma avenida qualquer, o passo mole e sem pressa, no silêncio da noite. Alguma haveria de plantão... Rua deserta. Dois ou três quarteirões mais além, um guarda. Ele me daria indicação. Deu. Farmácia Metrópole, em rua cujo nome não guardei.

— O senhor vai por aqui, quebra ali, segue em frente.

Dez ou doze quarteirões. A noite era minha. Lá fui. Pouco além, dois tipos cambaleavam. Palavras vazias no espaço cansado. Atravessei, cauteloso, para a calçada fronteira. E já me esquecera dos companheiros eventuais da noite sem importância quando estremeci ao perceber, pelas pisadinhas leves, um cachorro atrás de mim. Tenho velho horror a cães desconhecidos. Quase igual ao horror pelos cães conhecidos, ou de conhecidos, cuja lambida fria, na intimidade que lhes tenho sido obrigado a conceder, tantas vezes, me provoca uma incontrolável repugnância.

Senti um frio no estômago. Confesso que me bambeou a perna. Que desejava de mim aquele cão ainda não visto, evidentemente à minha procura? Os meus bêbedos haviam dobrado a esquina. Estávamos na rua apenas eu e aqueles passos cada vez mais próximos. Minha primeira reação foi apressar a marcha. Mas desde criança me ensinaram que correr é pior. Cachorro é como gente: cresce para quem se revela o mais fraco. Dominei-me, portanto, só eu sei com que medo. O bicho estava perto. Ia atacar-me a barriga da perna? Passou-me pela cabeça o grave da situação. Que seria de mim, atacado por um cão feroz numa via deserta, em plena madrugada, na cidade estranha? Como me arranjaria? Como reagiria? Como lutar contra o monstro, sem pedra nem pau, duas coisas tão úteis banidas pela vida urbana?

Nunca me senti tão pequeno. Efeito do uísque de má morte, ingerido na boate encontrada ao acaso, tomou-me descontrolada sensação de desamparo. Eu estava só, na rua e no mundo. Ou melhor, a rua e o mundo estavam cheios, cheios daqueles passos cada vez mais vizinhos. Sim, vinham chegando. Não fui atacado, porém. O animal já estava ao meu lado, teque-teque, os passinhos sutis. Bem... Era um desconhecido inofensivo. Nada queria comigo. Era um cão noctívago, alma boêmia como tantos homens, cão sem teto que despertara numa soleira de porta e sentira fome, com certeza, saindo em busca de latas de lixo e comida ao relento.

Um doce alívio me tomou. Logo ele estaria dois, três, dez, muitos passinhos miúdos e leves cada vez mais à frente, cada vez mais longe...

Não se prolongou, porém, a repousante sensação. O animal continuava a meu lado, acertando o passo com o meu, teque-teque-teque, nós dois sozinhos, cada vez mais sós... Apressei a marcha. Lá foi ele comigo. Diminuí. O bichinho também. Não o olhara ainda. Sabia estar ele a meu lado. Os passos o diziam. O vulto. Pelo canto do olho senti que ele não me olhava também, o focinho para a frente, o caminhar tranquilo, muito suave, na calçada larga.

Bem, na esquina ele me deixa, pensei quase em voz alta.

Para a esquina fomos. Parei, vagamente hesitante, sem saber se era naquela ou na esquina seguinte que devia dobrar. E imediatamente vi que o bicho se detinha e me fixava.

Não me liberto deste bicho, pensei, olhando-o, quase disposto a lutar, a enfrentá-lo com decisão.

Mas o bicho desviou os olhos.

É traiçoeiro e covarde, pensei. Se não tomo cuidado, ele me ataca.

E de novo o medo me alcançou. O animal devia estar com fome. Talvez estivesse desesperado. Não podia penetrar-lhe as intenções, é claro. Se ele ao menos me olhasse, poderia formar alguma ideia. Mas ele olhava, com uma curiosidade despreocupada, para outro lado.

Dei dois passos à frente, ele fez menção de marchar. Fiz meia-volta à esquerda e atravessei a rua. O animal vacilou, ficou um instante parado.

— Desistiu — disse comigo.

E estuguei o passo.

Mas ainda não alcançara o outro lado, já o tinha junto a mim, as patinhas sutis, em ritmo cadenciado, pipocando no chão.

— Ele há de parar em algum poste. Nesse momento, fujo.

Mas os postes sucediam-se, e, caso raro entre os cães, ele continuava indiferente. Não farejava, não hesitava, não parava, parecia farto dos cheiros caninos que em todas as árvores, postes, quinas e esquinas tanto excitam os seus irmãos de toda a terra.

Assim foi que continuamos, às vezes mais rápido, outras vezes mais lento, metros, metros e metros, ao longo de calçadas, cruzando ruas, quadras, quadras, quadras.

O medo maior havia passado. Já camináramos juntos vários quarteirões e ele não dera indício maior de hostilidade. Provavelmente nada teria contra mim. Não era de briga. Mas a sua presença me transmitia um indizível desconforto. Marchávamos quarteirões sobre quarteirões sem que houvesse outro alguém nas ruas de iluminação visivelmente racionada. E aquela sensação de continuar sozinho ao sabor dos caprichos de uma dentada de rafeiro sem dono, sem ninguém para quem apelar, sem porta aberta onde buscar refúgio, punha-me um aperto na alma, de impossível negar.

Com que alívio, num dobrar de esquina, avistei o letreiro luminoso que anunciava a farmácia. Luz vinha do interior. Estava aberta. Lá encontraria outros seres humanos, ouviria voz humana, dividiria com os outros a atenção do animal. Talvez se perdesse por entre os balcões ou por entre as pernas de outros possíveis clientes. Talvez se interessasse por eles. Talvez se assustasse com as luzes da casa e arrepiasse carreira. Ou talvez, pelo menos, estivesse distraído, à minha saída, permitindo-me a fuga.

Entrei. Creme dental. Por que não uma escova nova? Quanto custava a loção de barba anunciada naquele cartaz com um homem sorridente que afinal descobrira o segredo de conquistar o olhar e o coração de todas as mulheres? Era caro? Não era? Eu queria, na verdade, encher tempo. Havia de descoroçoar o meu estranho companheiro de madrugada, que felizmente ficara lá fora. Após alguns minutos, já pago o creme dental e uma latinha de talco, voltei-me para a porta. Não o vi. Desaparecera, afinal! Boanoitei, satisfeito, e ganhei a rua.

Mal dei os primeiros passos, porém, vi que era acompanhado outra vez.

— Você não pirou, seu cachorro?

O cachorro me olhou pela primeira vez, com olhos tão doces e interrogativos, que me comovi. Pareceu-me ver o desespero da sua incompreensão, menos pelas palavras que pela aspereza do tom. Parei. E foi numa tentativa de reconciliação, envergonhado comigo mesmo, que sorri para o meu misterioso acompanhante:

— Como é, compadre... você não tem casa?

Naturalmente ele não entendeu as palavras, mas sentiu que o tom era outro. Havia agora uma tranquilidade amiga nos seus olhos bons.

Recomecei a caminhada, pleque-pleque ele seguia, sereno, humilde, cabisbaixo.

Resolvi fazer experiências. Dobrava esquinas, cruzava as ruas, ia de uma para outra calçada. Sempre que mudava de rumo ele estava a meu lado, não atrás, não à frente, silencioso e calmo, sem mostrar surpresa, jeito cansado de resignação e doçura.

Voltei a falar-lhe várias vezes. Sempre que falava, detinha-me. Ele se detinha também e me encarava com uma curiosidade muda e mansa. Não havia sofrimento na sua impossibilidade de responder. Nem esforço. Era um pobre cão de rua na madrugada sem homens nem carros nem barulhos.

Como se chamaria? Fiel? Sultão? Peri? Lord? Leão? Joli? Chamei vários nomes e nenhum teve sentido. Era cão sem dono e sem nome, apesar de não dar impressão de desnutrido, que ele saberia seguramente se defender na batalha pelos ossos da rua.

Mas não estaria com fome?

Assaltou-me de novo aquela ideia. A marcha silenciosa ao lado do homem desconhecido talvez não significasse outra coisa.

— Está com fome, velhinho?

Seus olhos doces nada disseram, mas ainda assim convenci-me de que era esse o problema. Tive remorso da minha insensibilidade. Fiel, Lord ou Sultão, com ou sem dono, deveria ter fome. Por isso caminhava pela noite adentro. Por isso aderia ao primeiro passante. E alonguei os olhos a ver se descobria algum bar ou botequim. Alguns quarteirões adiante, numa rua transversal, havia feixes de luz sobre a calçada. Para lá rumei, certo de que o meu amigo me acompanharia. Os passinhos se amiudaram em meu seguimento. Era um bar de última classe. Um mulato dormia, a cabeça caída sobre a mesa de ferro.

— Tem queijo?

Atirei-o ao cachorro. O animal olhou com indiferença.

— Mortadela?

Meu companheiro não se mostrou interessado.

Vi um pernil de porco. Pedi um pedaço. O português do balcão me achava muito mais bêbedo que o seu bebedor solitário e adormecido. Mas satisfez a encomenda.

Abaixei-me, chamei o cão, ele se aproximou, agitando a cauda, estendi-lhe, sem o jogar no chão, o naco cheiroso e tentador. O cachorro, os olhos onde nadava uma doçura ainda mais contagiosa, contemplou longamente a oferta inesperada e voltou-se para a rua, como a dizer que não tinha fome.

— Quanto é?

Paguei a despesa e saí, meu amigo a meu lado, teque-teque na calçada.

É amigo desinteressado, pensei. Talvez esteja aqui para me proteger. Sentiu, talvez, que estou correndo algum perigo.

E um receio novo me encheu o coração. Dois quarteirões adiante ouviam-se os passos de um noctâmbulo apressado, atravessando a rua. Nisso, avistei as luzes do hotel. Senti a necessidade de correr para ele, de fugir novamente. Atravessei a rua e, pela primeira vez, o meu cão ficou do outro lado, pensativo. Tornou-me um medo supersticioso.

– Como é! Você não vem?

Sem hesitação e sem festa, como num gesto de rotina, ele baixou a cabeça e veio ao meu encontro, continuou a marchar comigo.

Meu coração se alegrou:

– Você está aqui para me proteger, não é, velhinho?

Ele continuou caminhando, de cabeça humilde.

Estávamos à porta do hotel.

– Quer entrar?

Ele me contemplou com o jeito triste de quem sabia ser inútil o convite. A larga porta iluminada não fora feita para os cães da rua. Examinei o meu relógio de pulso. Três da manhã. Dentro de quatro horas deveria estar no aeroporto.

– Então adeus, camarada...

Curvei-me, acariciei-lhe a cabeça, ele fez um movimento macio de agrado e de gratidão.

Dois ou três minutos depois eu estava no meu apartamento do segundo andar. Cheguei-me à janela. O cachorro continuava na calçada, solitário e sereno, olhando talvez com tristeza as luzes do hotel imponente.

Nisso, vem da esquina, do outro lado, um vulto de homem. Os passos ressoam. O vulto cambaleia na noite. O animal voltou os olhos, ficou a contemplá-lo, por alguns segundos. O homem caminhava pela calçada fronteira, passava agora sob as luzes fortes, continuava, incerto e só. Foi quando o meu companheiro se movimentou. Cruzou a rua, teque-teque, foi chegando, acertou o passo com o desconhecido. Vi-os caminhando lado a lado, mais um quarteirão. Na segunda esquina o homem dobrou. Meu amigo também.

(1973, *Balbino, homem do mar.*)

# AS CORES

Maria Alice abandonou o livro onde seus dedos longos liam uma história de amor. Em seu pequeno mundo de volumes, de cheiros, de sons, todas aquelas palavras eram a perpétua renovação dos mistérios em cujo seio sua imaginação se perdia. Esboçou um sorriso. Sabia estar só na casa que conhecia tão bem, em seus mínimos detalhes, casa grande de vários quartos e salas onde se movia livremente, as mãos olhando por ela, o passo calmo, firme e silencioso, casa cheia de ecos de um mundo não seu, mundo em que a imagem e a cor pareciam a nota mais viva das outras vidas de ilimitados horizontes.

Como seria cor e o que seria? Conhecia todas pelos nomes, dava com elas a cada passo nos seus livros, soavam aos seus ouvidos a todo momento, verdadeira constante de todas as palestras. Era, com certeza, a nota marcante de todas as coisas para aqueles cujos olhos viam, aqueles olhos que tantas vezes palpara com inveja calada e que se fechavam, quando os tocava, sensíveis como pássaros assustados, palpitantes de vida, sob seus dedos trêmulos, que diziam ser claros. Que seria o claro, afinal? Algo que aprendera, de há muito, ser igual ao branco. Branco, o mesmo que alvo, característica de todos os seus, marca dos amigos da casa, de todos os amigos, algo que os distinguia dos humildes serviçais da copa e da cozinha, às vezes das entregas do armazém. Conhecia o negro pela voz, o branco pela maneira de agir ou falar. Seria uma condição social? Seguramente. Nos primeiros tempos, perguntava. É preto? É branco? Raramente se enganava agora. Já sabia... Nas pessoas, sabia... Às vezes, pelo olfato, outras, pelo tom de voz, quase sempre pela condição. Embora algumas vezes – e aquilo a perturbava – encontrasse também a cor social mais nobre no trato das panelas e na limpeza da casa. Nas paredes, porém, nos objetos, já não sentia aquelas cores. E se ouvia geralmente um tom de desprezo ou de superioridade, quando se falava no negro das pessoas, que envolvia sempre a abstração deprimente da fealdade, o mesmo negro nos gatos, nos cavalos, nas estatuetas, vinha sempre conjugado à ideia de beleza, que ela sabia haver numa sonata de Beethoven, numa fuga de Bach, numa *polonaise*[1] de Chopin, na voz de uma cantora, num gesto de ternura humana.

Que seria a cor, detalhe que fugia aos seus dedos, escapava ao seu olfato conhecedor das almas e dos corpos, que o seu ouvido apurado não aprendia, e que era vermelho nas cerejas, nos morangos e em certas gelatinas, mas nada tinha em comum com o adocicado de outras frutas e se encontrava também nos vestidos, nos lábios (seriam os seus vermelhos também e convidariam ao beijo, como nos anúncios de rádio?), em certas cortinas, naquele cinzeiro áspero da mesinha do centro, em determinadas rosas (e havia brancas e amarelas), na pesada poltrona que ficava à direita e onde se afundava feliz, para ouvir novelas? Que seria a cor, que definia as coisas e marcava os contrastes, e ora agradava, ora desagradava? E como seria o amarelo, para alguns padrão de mau gosto, mas que tantas vezes provocava entusiasmo nos comentários do mundo onde os olhos *viam*? E que seria *ver*? Era o sentido certamente

---

1 Denominação francesa para aquela que é considerada a dança nacional da Polônia. O célebre pianista polonês Fryderyk Chopin (1810-1849) é conhecido por ter composto, ao longo de sua vida, belas *polonaises*. (N.E.)

que permitia evitar as pancadas, os tropeções, sair à rua sozinho, sem apoio de bengala, e aquela inquieta procura de mãos divinatórias que tantas vezes falhavam. Era o sentido que permitia encontrar o bonito, sem tocar, nos vestidos, nos corpos, nas feições, o bonito, variedade do belo e de outras palavras sempre ouvidas e empregadas e que bem compreendia, porque o podia sentir na voz e no caráter das pessoas, nas atitudes e nos gestos humanos, no *Rêve d'Amour*,[2] que executava ao piano, e em muita coisa mais...

*Ver* era saber que um quadro não constava apenas de uma superfície estranha, áspera e desigual, sem nenhum sentido para o seu mundo interior, por vezes bonita, ao seu tato, nas molduras, mas que para os outros figurava casas, ruas, objetos, frutas, peixes, panelas de cobre (tão gratas aos seus dedos), velhos mendigos, mulheres nuas e, em certos casos, mesmo para os outros, não dizia nada...

Claro que *via* muito pelos olhos dos outros. Sabia onde ficavam as coisas e seria capaz de descrevê-las nos menores detalhes. Conhecia-lhes até a cor... Se lhe pedissem o cinzeiro vermelho, iria buscá-lo sem receio. E sabia dizer, quando tocava em Ana Beatriz, se estava com o vestido bege ou com a blusa lilás. E de tal maneira a cor flutuava em seus lábios, nas palestras diárias, que para todos os familiares era como se a visse também.

— Ponha hoje o vestido verde, Ana Beatriz...

Dizia aquilo um pouco para que não dessem conta da sua inferioridade, mais ainda para não inspirar compaixão. Porque a piedade

---

2 Compilação de três peças musicais para piano compostas pelo famoso músico húngaro Franz Liszt (1811-1886). De todas, a que acabou se tornando mais conhecida foi a Nº 3. (N.E.)

alheia a cada passo a torturava e Maria Alice tinha pudor de seu estado. Seria mais feliz se pudesse estar sempre sozinha como agora, movendo-se como sombra muda pela casa, certa de não provocar exclamações repentinas de pena, quando se contundia ou tropeçava nas idas e vindas do cotidiano labor.

— Machucou, meu bem?

Doía mais a pergunta. Certa vez a testa sangrava, diante da família assustada e do remorso de Jorge, que deixara um móvel fora do lugar, mas teimava em dizer que não fora nada.

E quando insistiam, com visita presente, para que tocasse piano, era sistemática a recusa.

— Maria Alice é modesta, odeia exibições...

Outro era o motivo. Ela muita vez bem que ardia em desejos de se refugiar no mundo dos sons, para escapar aos mexericos de toda gente... Mas como a remordia a admiração piedosa dos amigos... As palmas e os louvores vinham sempre cheios de pena e havia grosserias trágicas em certos entusiasmos, desde o espanto infantil por vê-la acertar direitinho com as teclas à exclamação maravilhada de alguns:

— Muita gente que enxerga se orgulharia de tocar assim...

Nunca Maria Alice o dissera, mas seu coração tinha ternuras apenas para os que não a avisavam de haver uma cadeira na frente ou não a preveniam contra a posição do abajur.

— Eu sei... eu já sei...

E como tinha os outros sentidos mais apurados, sempre se antecipava na descrição das pessoas e coisas. Sabia se era homem ou mulher o recém-chegado, antes que se pusesse a falar. Pela maneira de pisar, por mil e uma sutilezas. Sem que lhe dissessem, já sabia se era gordo ou magro, bonito ou feio. E antes de qualquer outro, lia-lhe o caráter e o temperamento. Àqueles pequeninos milagres de sua intuição e de sua capacidade de observar, todos estavam habituados em casa. Por isso lhe falavam sempre em termos de quem via, para quem via. E nesses termos lhes falava também.

O livro abandonado sobre a mesa, o pensamento de Maria Alice caminhava liberto. Recordava agora o largo tempo que passara no Instituto, onde a família julgara que lhe seria mais fácil aprender a ler. Detestava o ambiente de humildade, raramente de revolta, que lá encontrara. Vivendo em comunidade, sabia facilmente quais os que enxergavam, sem que nenhum desses se desse conta disso ou dissesse que enxergava. Pela simples linguagem, pela maneira de agir o sabia. E ali começara a odiar os dois mundos diferentes. O seu, de humildes e resignados, cônscios de sua inferioridade humana, o outro, o da piedade e da cor.

— Me dá o cinzeiro vermelho, Maria Alice...

Maria Alice dava.

— Vou ao cinema com o vestido claro ou com aquele estampado, Maria Alice?

Maria Alice aconselhava.

Ninguém conseguia entender como sabia ela indicar qual o sapato ou a bolsa que ia melhor com este ou aquele vestido. Quase sempre acertava. Assim como ninguém sabia que, com o tempo, Maria Alice fora identificando as cores com sentimentos e coisas. O branco era como barulho de água de torneira aberta. Cor-de-rosa se confundia com valsa. Verde, aprendera a identificá-lo com cheiro de árvore. Cinza, com maciez de veludo. Azul, com serenidade. Diziam que o céu era azul. Que seria o céu? Um lugar, com certeza. Tinha mil e uma ideias sobre o céu. Deus, anjos, glória divina, bem-aventurança, hinos e salmos. Händel. Bach. Mas sabia haver um outro, material, sobre as pessoas e casas, feito de nuvens, que associava à ideia do veludo, mais própria do cinza, apesar de insistirem em que o céu era azul.

Aquelas associações materiais, porém, não a satisfaziam. A cor realmente era o grande mistério. Sentira muitas vezes que o cinza pertencia a substâncias porosas ou ásperas ou duras. Que o branco estava no mármore duro e na folha de papel, leve e flexível. E que o negro estava num cavalo que relinchava inquieto, com um sopro vigoroso de vida, e na suavidade e leveza de um vestido de baile, mas era ao mesmo tempo a cor do ódio e da negação, a marca inexplicável da inferioridade.

E agora Maria Alice voltava outra vez ao Instituto. E ao grande amigo que lá conhecera. Voltavam as longas horas em que falavam de Bach, de Beethoven, dos mistérios para eles tão claros da música eterna. Lembrava-se da ternura daquela voz, da beleza daquela voz. De como se adivinhavam entre dezenas de outros e suas mãos se encontravam. De como as palavras de amor tinham irrompido e suas bocas se encontrado... De como um dia seus pais haviam surgido inesperadamente no Instituto e a haviam levado à sala do diretor e se haviam queixado da falta de vigilância e moralidade no estabelecimento. E de como, no momento em que a retiravam e quando ela disse que pretendia se despedir de um amigo pelo qual tinha grande afeição e com quem se queria casar, o pai exclamara, horrorizado:

— Você não tem juízo, criatura? Casar-se com um mulato? Nunca!

Mulato era cor.

Estava longe aquele dia. Estava longe o Instituto, ao qual não saberia voltar, do qual nunca mais tivera notícia, e do qual somente restara o privilégio de caminhar sozinha pelo reino dos livros, tão parecido com a vida dos outros, tão cheios de cores...

Um rumor familiar ouviu-se à porta. Era a volta do cinema. Ana Beatriz ia contar-lhe o filme todo, com certeza. O rumor – passos e vozes – encheu a casa.

– Tudo azul? – perguntou Ana Beatriz, entrando na sala.

– Tudo azul – respondeu Maria Alice.

(1973, *Balbino, homem do mar.*)

# MAL-ENTENDIDO

Os dois garotos brincam na praia. Um, branquinho, queimado de sol, os olhos claros, quase negro de tamanho sol toda manhã. O outro, negrinho retinto de avós na senzala, de família no morro. Os dois descem à praia diariamente. O primeiro, de um nono andar, apartamento de frente, tapete no chão, lustres de cristal de muitas bocas, orgia de espelhos nas paredes. O outro, de um morro qualquer, barraco de madeira com São Jorge enfeitado de flor, um "dois-dois"[1] de barro pintado, vaso de arruda na porta. Os amigos se encontram à hora certa, camaradagem de pé na areia igualitária. O primeiro traz bola. O segundo traz jogo. O primeiro é bem nutrido, atestado vivo de que caldo de vitamina batido em liquidificador é mesmo bom. O segundo é fino e sujo, os dentes inexplicavelmente claros e fortes, o riso irreverente, a gaforinha de areia sempre renovada nas pelejas da praia. Paulinho chama-se um, porque o avô foi Paulo e com ele começou a fortuna da casa. O outro chama-se Jorge, porque Ogum[2] é padrinho.

Descem os dois todo dia. Quando Paulinho vem acompanhado pelos pais, Jorginho assiste, com um grave olhar de técnico aposentado, a pelada em que a censura familiar não deixa preto se meter. Quando Paulinho vem só com a empregada — e é quase sempre — nem é preciso

---

1 Referência a São Cosme e São Damião, os santos gêmeos, como são conhecidos popularmente no Rio de Janeiro e entre os praticantes de candomblé. (N.E.)

2 Nos cultos afro-brasileiros, São Jorge é a representação iconográfica mais comum equivalente ao orixá Ogum, que preside as lutas e as guerras. (N.E.)

pedir licença. Jorginho tem lugar seguro, que ele é o artilheiro-mor da vizinhança. E a pelada se prolonga. Por ele, a manhã toda, a tarde toda, a vida toda. Não tem escola, não tem compromissos. Amendoim torrado ele só vende é mesmo à noite, ora à porta do Rian, ora do Roxy.[3] Mas ao fim de meia hora, de uma hora, a pelada vai se desfazendo. Parentes e empregadas vêm recolher os futuros Garrinchas, os Pelés e Zagalos em formação. Paulinho fica mais tempo. E quando está só, ele e Jorginho descansam na areia. Inseparáveis na pelada – Paulinho arma o jogo, Jorginho apanha o couro e arremata de maneira inapelável – uma funda rivalidade os separa em tudo mais. Nunca se entendem. Porque Paulinho é importante, Jorginho um coitado. Paulinho vai à escola à tarde, de Cadillac. Jorginho vende amendoim na boca da noite. Oito anos, Paulinho. Nove anos, Jorginho. Reconhecendo a superioridade incrível do negro, no bate-bola, reclamando a sua colaboração garantidora de tentos, Paulinho se vinga depois. E com a sua falta de diplomacia, tão própria da idade, faz valer os seus títulos, para humilhar o companheiro.

— Tua casa tem tapete no chão?

Resposta negativa de Jorge.

— A minha tem. Até no quarto da empregada.

E continua:

— Tem lustre de cristal?

Jorginho pergunta o que é. Paulinho explica. Jorginho, não tem. Luz no seu barraco vem dos fifós. Um vidro de sal de fruta, o outro de Phymatosan.

---

[3] Tradicionais cinemas do Rio, ambos fundados em Copacabana nos anos 1930, apenas o Roxy continua em funcionamento. (N.E.)

— Teu pai tem sítio em Petrópolis?

— Não — responde sério Jorginho.

— O meu tem... Teu pai tem usina em Campos?

— Não.

— O meu tem.

— Teu pai tem iate?

— Não.

— O meu tem.

— Quantos apartamentos teu pai tem?

— Nenhum.

— O meu tem dez. Só em Copacabana. O resto é na Tijuca.

Jorginho baixa os olhos, acaricia o monte de areia que está juntando.

— Teu pai tem televisão?

Nos olhos de Jorginho passa uma nuvem de tristeza. Nem responde.

— O meu tem — informa Paulinho.

Apanha a bola molhada, procura limpá-la dos grãozinhos de areia, pergunta de novo:

— Teu pai é deputado?

Jorginho não sabe o que seja aquilo, mas já diz que não, pelas dúvidas. Deve ser coisa importante.

— Teu pai tem automóvel?

Jorginho sorri tristemente, negando.

— O meu tem — diz novamente em triunfo o garoto bem-nascido. — O meu tem. Um JK 61 que eu vou na escola, um 62 que ele vai pra cidade, o Oldsmobile da mamãe, a camioneta do sítio, pra gente ir pra Petrópolis.

Jorginho está completamente esmagado. Paulinho sorri, orgulhoso. E agora ele nem pergunta mais, apenas informa:

— O meu pai tem quarenta ternos de roupa, o teu não tem...

Jorginho sente-se o menor dos moleques do morro.

— O meu pai tem três casas de campo, o teu não tem!

Jorginho sente-se o menor dos moleques do Rio.

— O meu pai tem dez cavalos de corrida, aposto que o teu não tem!

Jorginho sente-se o menor dos moleques do Brasil.

— O meu pai tem mais de cem milhões de cruzeiros, garanto que o teu não tem!

Jorginho sente-se o menor dos moleques do mundo.

— O meu pai é amigo do governador, o teu não é, pronto!

Jorginho sente-se o menor de todos os mortais.

Mas Paulinho ainda não está satisfeito.

— O meu pai tem retrato no jornal, o teu não tem, taí!

É quando Jorginho pula vitorioso. Dessa vez tem resposta. Retira do bolsinho do calção rasgado um pedaço amarfanhado de jornal. Exibe-o, peito cheio, orgulhoso no olhar.

— Isso não! O meu também tem.

E em tom de desafio, irretorquível:

— Tu pensa que é só teu pai que é ladrão?

(1963, *Zona Sul.*)

# DONA ROSAURA

Contra minha expectativa, a comida estava deliciosa. Os pratos rachados, o humilde talher escuro e velho, a água numa tigela esbeiçada. Mas que maravilha de água fresca ("tem uma nascente na aba do morro") e que peixe ensopado com pirão! Não era a fome que tornava tudo tão saboroso. Nem a manhã de sol estimulante. Não. Poucas vezes vi peixe tão bem preparado ("o peixe vai quase vivo pra panela, seu doutor") e a pimenta-de-cheiro, amarela e redondinha, dava até vontade de comê-la crua e inteira, como um fruto bom.

Da pequena sala via-se a cozinha com fogões de pedra, a lenha estalando, os passos rápidos de dona Rosaura indo e vindo pelo chão de terra socada, cheio de altos e baixos, mas limpo, liso, quase lustrando de tão batido pelos pés descalços.

— Teve um estrangeiro aqui — disse dona Rosaura, orgulhosa pelos meus elogios. — Teve um estrangeiro que disse que em nenhum hotel de cidade a gente comia tão bem... Eu não sei... Acho que era amabilidade...

Eu continuava a comer, entusiasmado, já esquecida a minha hesitação à porta do casebre, quando o praiano me dissera ser ali a Pensão Alegria. A muito custo entrara, horrorizado pela pobreza da casa, mais triste e mais pobre ainda pela majestade da natureza em torno, a praia longa, larga e clara, os morros caprichosos, árvores enormes, coqueiros, cajueiros, e o mar batendo rude, verde, alto de espumas rebentando brancas e se prolongando pela areia molhada, o sol ofuscando.

Praia perdida, de pequenos pescadores afoitos. Eu deixara o carro na estrada, fascinado pelo inesperado panorama. Sol do meio-dia. E fome.

— Onde a gente pode comer por aqui? — perguntara a um rapaz cor de bronze, de olhos esverdeados como a água.

— Na Pensão Alegria.

Era aquilo... Mas vencida a primeira repulsa, eu me reconciliava agora com a vida.

— E por que Pensão Alegria, dona Rosaura? Donde lhe veio o nome? Da praia?

Do Roberto... Foi Roberto quem escolheu.

— Seu marido?

— Meu filho.

Dona Rosaura depositou na mesa o novo prato de pirão que eu pedira. E me olhou:

— Não vê o senhor...

Calou-se, arrumou a toalha na ponta da mesa. Depois seus olhos se perderam, porta afora, caminho do mar.

— Meu filho que o mar levou.

Não contive uma exclamação de surpresa. E para dizer alguma coisa:

— Moço?

Dona Rosaura pousou os olhos nos meus.

— Dez anos, doutor.

E já agora dentro do seu drama:

— Ah! O senhor não faz ideia. Deus a gente não entende não. Deixa acontecer cada coisa...

— Eu pago amanhã, dona Rosaura — disse um preto se levantando, da outra ponta da mesa.

— Nossa Senhora lhe acompanhe — disse dona Rosaura.

O preto foi até a porta.

— Tá brabo o mar...

Estava. As ondas rebentavam com violência nas areias brancas. O sol caía cintilando, de cegar os olhos. Um vento forte fazia as árvores gemerem. E eu revia mentalmente os coqueiros de minutos antes, as palmas como cabelos ou braços desesperados ao impulso do vento.

— Brabo o mar — repetiu o homem saindo.

Dona Rosaura veio, pôs talher junto dum prato, encheu uma cuia de farinha.

— Brabo o mar — repetiu como um eco.

E suspirou.

— Dez anos? — disse eu, sentindo que ela queria falar.

— Dez anos, seu doutor. Faz dois anos... Esse mar que o senhor está vendo. Um mar tirano, matador de gente, engulidor de povo. Muito pescador vai, não volta. Quem brinca com ele, o mar arrasta. Parece um dragão. O senhor não ouve a voz dele? Isso é dia e noite. Em tempo de tempestade, então, o senhor nem faz ideia. A gente fica pequenino perto dele. Nem árvore aguenta. Às vezes vem um vento do mar que arranca tudo.

Olhou na parede a folhinha, oferta de um armazém da cidade.

— Dia 23 faz dois anos. Eu já devia estar longe. Sempre quis sair desta praia. Toda a vida. Mas agora não tenho coragem. Esse barulho das águas se quebrando na praia me prende. E às vezes parece que eu ouço, no meio das ondas, a voz de Roberto pedindo socorro. Vou olhar, não vejo nada. É só água arrebentando na areia, onda subindo, por cima das águas. Eu devia mudar era antes. Às vezes eu acho que a culpa foi minha. Quando digo que não entendo Deus, estou pecando. Ele me avisou antes. Avisava no meu coração, quando me dizia para sair daqui. Mas eu ficava na vontade. Não saí. E o senhor vê: perdi meu filho... como minha avó perdeu meu avô, faz muitos anos.

Mudou o rumo das palavras:

— Não quer mais peixe, doutor? Olhe, coma só mais um. Eu vou buscar um pirão mais quentinho. O senhor deve ter andado muito, tem que estar com fome.

E serviu-me outra vez.

— Parece que foi ontem... (Coma, doutor, está bem temperado.) E parece que eu estava adivinhando. Tive até um aviso por sonho. Passei a noite inteira sonhando que o mar era um dragão comedor de criança. Ele vinha de longe roncando, chegava na praia, abria a boca, ficava esperando carne humana. Levantei, fiz o café. Quando Roberto veio pra mesa tomar café com macaxeira (estava tão alegre, doutor, tão alegre...) eu falei pra ele: "Meu filho, não entre hoje na água". Ele não respondeu, com a boca cheia de macaxeira. "Meu filho, você não me ouve?" "Ouço, mamãe." "O que foi que eu disse?" "Preu não entrar na água." Fiquei mais sossegada. "Você promete, meu filho?" "Ah, mamãe, o mar está tão bonito... Eu já sei nadar, onda não me leva." Meu coração ficou pequenino. "Prometa, meu filho, só hoje." "Ah! Mamãe!" "Prometa, meu filho!" Olhe, doutor, nunca houve menino mais obediente. Se eu dizia pra não fazer uma coisa, podia estar descansada, ele não fazia mesmo. Se prometia uma coisa, era como palavra de rei, a gente podia confiar. Por isso eu fiz ele prometer. E ele prometeu. Jurou que não entrava no mar aquele dia. Então eu fiquei descansada. Fui fazer o almoço, que tinha uma turma trabalhando na estrada e vinha comer aqui. Até o engenheiro, um moço louro com uma berruga no queixo. De repente, meu coração apertou outra vez. Ele estava lá embaixo daquele cajueiro tirando a roupa pra entrar no mar. "Meu filho! Como é que você desobedece sua mãe?" Seu doutor, até hoje me corta o coração lembrar do desapontamento dele. Ficou tão envergonhado, seu doutor, que até hoje eu tenho pena.

Os olhos dela se encheram de lágrimas.

— Doutor, se eu soubesse que ele ia morrer, não tinha passado o pito não... Foi a última vez que ele me viu. Foi a última vez que eu vi ele. E me dá uma dor no coração quando eu penso nos olhinhos dele, tão corridos, tão desapontados... Ele tinha uns olhos tão bonitos... Ninguém por estas bandas tem olhos mais bonitos. Não era por ser meu filho. Todo mundo dizia. E eu só posso me alembrar deles agora com aquela carinha triste ouvindo eu falar que nunca pensei que meu filho não respeitava juramento... não sabia mais obedecer.

E numa expressão de infinita angústia:

— O senhor quer saber de uma coisa? Às vezes eu passo semanas inteiras querendo me lembrar do jeito dele. Quero me lembrar dele falando, dele brincando, dele correndo, dele até nadando. (Ele era um peixe na água, foi fatalidade...) Pois olhe: não consigo. Quando vou começando a ver, ele foge. Parece que só ficou com o nome. Isso não é sempre, graças a Deus. Mas acontece... Agora jeitinho dele triste, pouco antes de morrer, seu doutor, isso não esqueço nunca...

Enxugou uma lágrima:

— Foi tentação do demônio. Só pode ter sido. Robertinho não desobedecia nunca. Não mentia nunca. Respeitava a mãe dele como se fosse uma santa falando. E ele era um santo, também. Menino bom, trabalhador, me ajudando sempre. Nunca fez malcriação, nunca respondeu mal. Mas aquele dia Deus tinha deixado... Ah! Deus tinha deixado... Era destino... Voltei pra fazer o almoço, vi ainda ele se vestindo. Estava começando a chegar gente. O engenheiro veio mais cedo. Depois teve um moço da cidade. Quando eu estava começando a servir a turma ouvi aqueles gritos. Não entendi o que eles diziam. Mas meu coração disse logo. Roberto tinha sido levado... Tinha, seu doutor. Tinha... Foi ali na ponta da praia. Lá, perto daquela pedra grande. Vieram os meninos de seu Nicolau dizendo que o mar tinha arrastado meu filho. Doutor, eu não posso dizer nada. Não vi nada. Quando cheguei já era tarde. Quis me atirar no mar, não deixaram. Ele estava mais tirano do que nunca. Puxava, que parecia ter fome. Uma canoa saiu, se arrebentou. Eu fiquei feito louca. O senhor não sabe o que é mãe que perde filho afogado. O senhor não pode saber. Andaram procurando, saiu muita embarcação por esse mar pra procurar. Diziam pra me consolar que ele podia estar resistindo, nadando lá longe, arrastado pelo mar. Eu sabia que não. Não tinha mais esperança. Coração de mãe não se engana. O meu me mandava sair daqui antes de meu filho nascer...

Disse uma palavra qualquer, de pena ou conforto. Dona Rosaura não ouviu.

— Felizmente, Deus foi bom. Deixou eu enterrar meu filho. Três dias depois o corpo voltou. Hoje ele está em lugar sagrado... Graças a Deus, seu doutor...

Uma infinita humildade parecia descer sobre a mulher. Ela parecia ficar cada vez menor, sumida na memória do filho. Os olhos tinham quase desaparecido. Os lábios tremiam.

— Não fui só eu que senti, foi todo mundo. Eu era mãe, tava certo. Veio gente de longe chorar comigo, seu doutor. Teve pescador que levou mais de um mês sem querer sair, com ódio do mar... Meu filho era um santo, foi tentação que perdeu ele... Mas Deus deve ter perdoado, senão o mar não mandava o corpo outra vez...

Animou-se de repente:

— O senhor pensa que sou só eu que me alembro? Todo mundo. Todo dia se fala nele, nesta redondeza. Tem gente que me conta coisas que nem eu sabia, das bondades dele, soltando passarinho de gaiola, só de compaixão, chorando quando matavam galinha. Um menino tão valente chorando quando matavam galinha, seu doutor, só coração de santo, o senhor não acha? E eu vejo todo dia, ouço todo dia... Quando criança quer entrar no mar brabo, vejo as mães dizendo: "Te alembra do Robertinho, meu filho..."

Parou, enxugou nova lágrima, uma doçura infinita no olhar.

— A lembrança de meu filho tem salvo muito filho dos outros, seu doutor...

E quase sem transição:

— Mais pirão, doutor? Eu fiz agorinha...

(1968, *Nove mulheres*.)

# O ESPERANÇA FUTEBOL CLUBE

Era o orgulho de Buritizal. Resumia-lhe a vida e as aspirações. Marcava o seu lugar entre as povoações e vilas da zona. E na vila, desde o garoto engatinhante aos mais velhos e respeitáveis personagens, toda a gente sentia o peito cheio ao pensar no Esperança Futebol Clube.

Nasceu de um punhado de sonhadores, o Tartico, o Chiquinho da Nh'Ana, o Tuzzi, o Dantinho, numa tarde de maio. Até aquela época Buritizal era um lugar apagado, morto, sem repercussão. Ninguém o conhecia. E mesmo a gente da vila mal dava conta da sua existência, vegetando sonolenta ao sol bravo de verão e ao frio duro de junho, com os milharais em torno, os seus pés de café, o seu gado magro, e o seu sossego cachimbado e modorrento.

Mas o Tartico, o melhor "centrefô"[1] de Buritizal, era um rapaz inquieto, cheio de ambições. Tinha orgulho em possuir o chute mais forte da terra e em ser o melhor distribuidor de jogo até então conhecido. Que direção! Que bicanca! E quando, todas as tardes, ia treinar na baixada com o seu sapatão de biqueira temida, caminhava como um triunfador, vendo os olhares das moças que o acompanhavam com uma ternura comprida e embasbacada.

Aos domingos havia jogo, quase sempre. Contra o Lírio FC, também da vila, time do Negrão, ou contra os times das fazendas vizinhas. Tartico ainda não tinha clube. Tinha apenas os jogadores. Reuniam-se,

---

1 Do inglês *center-forward* (centroavante). (N.E.)

faziam os seus desafios, e iam vencendo. Cada chute seu era um gol. E, depois, o Chiquinho, o Tuzzi, toda aquela "macacada" jogava, de fato.

Foi quando Tartico resolveu organizar o clube. Discussões, aplauso, oposição. E dois domingos depois o Esperança empacotava o Lírio por seis a um. Um triunfo! Seguiam-se o Santa Cruz, o Perereca, de uma fazenda, e mais três ou quatro. Verdadeiras solapas! E o Esperança começou a ganhar nome. Tartico era o assombro do campo. Arrebatava os companheiros. Com o seu entusiasmo inabalável e a confiança firme na vitória, fazia de cada parceiro um herói.

As cidades vizinhas foram desafiadas. Cidades já importantes, com juiz de direito e campos gramados, de arquibancada, eram levadas na sopa... Buritizal começava a ser discutido. Tinha já inimigos. E o Esperança tornava-se o campeão das redondezas...

Naturalmente, os adversários queixavam-se. As vitórias eram roubadas. O Esperança fazia gols à custa do apito, jogava com o juiz. Clube que ia a Buritizal acusava a população de atrocidades, de massacres, de perseguições. Mas, intimamente, todos se curvavam. Braço era braço...

*

Tartico era empreendedor. Conseguira preparar um campo decente, com arquibancada. Alcançara um auxílio da Câmara, interessara os fazendeiros e, depois de fundado o Esperança, até surgira um jornalzinho, como os jornais dos grandes centros, dedicado quase exclusivamente à reportagem futebolística, com os seus "mais uma estonteante vitória do Esperança FC", "mais um glorioso marco na história da falange alvinegra"...

A vila era toda do clube.

— Vamo vê domingo...

— O Amparense? Coitado... Nem dá pra saída...

— Dizem que são campeão...

— Campeão uma chimarra! Pode sê campeão lá, aqui eu quero vê! Pensa que Buriti dá confiança?

— Ah! lá isso é. O Tartico leva tudo no salame...

— É capaz de entrá de "bola-e-tudo"...

— Isso é canja. Se alembra do Santa Cruz? Só o Chiquinho marcô três!

— E não é só, seu compadre! O gol do Nantinho não tem esse topetudo que vare! Em seis meis só comeu três bola!

— E assim mesmo, uma foi de ofessaide... ²

— E teve uma de pênalti também.

— De uma coisa eu tô convencido: pra vencê o Esperança, só mesmo São Paulo!

Buritizal continuava a sonhar. Já não lhe bastava a glória de campeão da zona. Convencera-se da sua invencibilidade. E quase se desinteressava quando um time comum, sem grande passado e verdadeira fama, aparecia por lá.

— Num vale a pena trocê. Bastava o Tartico, a defesa e as duas extrema...

*

Tartico, realmente, era o grande homem. Era o ídolo da criançada, o enlevo dos velhos, e entrara de "bola-e-tudo" em todos os

---

2   Do inglês *off-side* (impedimento). (N.E.)

corações de moça que havia em Buritizal. Muita morena, quando o via em campo, tinha a impressão de que o seu coraçãozinho era uma bola de meia que o Tartico, acostumado à bola número cinco, nem queria chutar.

— Eta, Tartico!

— Aí, Tartico!

— Entra, Tartico!

Era a grita unânime. Desnecessária. Porque o Tartico, a muque ou não, furava mesmo o gol inimigo e já tinha varado, havia muito, o coração pulapulando daquela morenada bonita...

*

Na vila só havia um grupo dissonante, o do Negrão. Era o rival de Tartico. Não lhe perdoava ter lançado no esquecimento o Lírio, o clube tradicional. Quando o Lírio jogava, já quase ninguém aparecia. Uma ou outra cabocla. Seu Maneco, prefeito, nem ligava. E mesmo a molecada já não ia torcer.

Negrão moía a sua raiva em silêncio. Treinava o time furiosamente. Berrava com os companheiros. Ameaçava o *goal-keeper*.[3]

— Tu nunca foi golquipa,[4] seu porco!

E mesmo de noite, no enxergão primitivo, ficava chutando o sono, que o não vencia nunca, jogando em espírito. A bola não lhe saía da cabeça. Via-a de todos os lados. Ajeitava a coberta, fechava os olhos e, quando menos o esperava, lá recebia um passe imaginário ou via o Tartico salameando os beques e pondo o gol em perigo...

---

3 Guarda-redes (goleiro). (N.E.)
4 Corruptela de golquíper, do inglês *goal-keeper* (goleiro). (N.E.)

Aliás, era no silêncio da casa que o Negrão se vingava. Jogava e ganhava sempre. Bastava fechar os olhos para se ver no campo enfrentando o Esperança. O juiz dava saída. Negrão pegava a bola, driblava o Tartico, extremava para a direita, corria para a frente, esperava o passe, passava de cabeça para o meia-esquerda. Novo drible, bola em gol, um a zero!

Era sopa. Às vezes o Negrão precisava no fim do jogo fazer um abatimento no escore de quatro ou cinco pontos...

— Pra não dá muito na vista...

A grande volúpia de Negrão, quando sonhava, era poder irritar, pisar as torcedoras de Buritizal, todas favoráveis ao Tartico. Seu ideal era vencê-lo para as deixar com ódio, com raiva, despeitadas.

— Essas convencidas!

Mas não adiantava sonhar. Cada jogo era um desastre. O Esperança nem fazia força. Brincava... E, no fim, já nem havia torcida contrária.

Um dia, Tartico anunciou que mandara desafiar um grande clube de São Paulo. A notícia eletrizou Buritizal.

— Nossa Senhora!

Houve um arrepio de medo. Mas passageiro. Em pouco, Buritizal esperava impaciente, confiante, o dia da luta. Tartico lograra convencer os seus jogadores, toda a sua gente, de que a vitória seria uma brincadeira. Não havia "esse um" que pudesse vencer o Esperança. Cadê! Bastava treinar um pedaço. Até aquela ocasião ninguém conseguira nem mesmo um simples empate...

— Num digo que a gente dê uma lavage — afirmava o prefeito. — Mas de uns dois a um a gente dá...

— E eles que num brinque muito...

*

Chegou o dia. Buritizal estava em febre. Mais de mil pessoas da redondeza enchiam a vila. Parecia festa de igreja. Os botequins estavam "assim" de povo... Tabuleiros de doce e guloseimas faziam fortuna. A Chica, a Tudinha, toda aquela caboclada seiuda tagarelava nervosa, o coraçãozinho agitado, os olhos muito acesos, lenço de cor, vestido de chita assanhada, perguntando a Deus e a Nossa Senhora se a gente ganhava ou não...

— Será, meu Deus?

E um arrepio moreno percorria a pele de todas.

Seu vigário rezara, de graça, uma missa pela vitória. O prefeito prometera cerveja para quem quisesse, até cair... Uma professora do Grupo preparara um discurso que seria lido pela melhor aluna, depois do jogo. A rapaziada apostava, confiante, com os forasteiros, na vitória do clube. E, como as moças da terra, fazia três dias que a molecada de Buritizal não pregava olho, noite adentro.

— Mundinho, ocê já dormiu?

— Inda não. Pruquê?

— À toa... ocê acha que a gente ganha de muito?

— Sei não!

— De uns cinco a zero?

— Sei lá! Paulista joga pra burro! É capaz da gente ganhá só de uns treis a um...

— Quá! Mas o Tartico... se ele quisé...

E três horas antes do jogo não havia mais lugar. Alguns haviam amanhecido no campo. Falando, apostando, gritando.

Só um grupo ficava caladão, a um canto, o pessoal do Lírio. Negrão gozava. Ele conseguira não se contagiar. Conhecia o jogo do Paulista. Não tinha ilusões. Sabia que a sua vitória era certa. E, com um sorriso incontido, viera vingar-se. Era a derrota, a queda, a desmoralização de Tartico. Sujeito convencido! Só faltava desafiar o "escreche" do mundo...

E Negrão, como as morenas e como o molecório de Buritizal, passara insone as últimas noites, antegozando a cara que a Tudinha, a Chica, todas elas, teriam quando o Paulista ensopasse de uma vez a cambada garganta do Tartico.

*

— Entra!
— Chuta!
— Extrema!

Ia longe o primeiro tempo. Contra a expectativa da vila o Esperança perdia pela primeira vez. Após ano e meio de lutas o clube encontrava um adversário que, logo de entrada, lhe embrulhava a linha, dominava a defesa, e vazava, bonito, o gol do Dantinho.

A assistência gelara.

— Ah! Meu Deus!

E uma porção de bocas bonitas mordeu os lenços de cor, numa vontade enorme de chorar, enquanto os forasteiros jogavam o chapéu no ar pelo gol vingador de tantas humilhações.

Tartico não se abalou. Bola ao centro. Pá... pá... pá... E, com uma rapidez incrível, num assomo heroico, foi buscar, do outro lado, o tento do empate.

*

O Negrão, porém, não conseguira gozar como esperava. O resultado era o previsto, a solapa. Todas as morenas de Buritizal viam que o Tartico não era o incrível, o invencível herói que imaginavam. Mas desde que a vitória se declarara insofismável, quando vira o rival irremediavelmente vencido, com os olhos pisados e o coração batido de todas aquelas garotas que odiava, e para alegria dos torcedores de fora, Negrão começou a sentir-se mal.

No *half-time*[5] a coisa fora ao extremo. Enquanto os *players*[6] do Esperança caíam no chão, vencidos de fadiga, os outros, lépidos, descansados, ficavam no campo batendo bola, satisfeitos, irônicos, dirigindo gracejos, pondo olhares sem-vergonha nas meninas da terra, como quem dizia que Buritizal era sopa...

O pessoal de um bairro vizinho, rindo com insolência, bebia, por conta das apostas. Havia graçolas pesadas. E trincou os dentes de ódio quando um deles ofereceu o lenço para enxugar as lágrimas da Chica e da Tudinha, as belezas de Buritizal, entre as quais ele e o Tartico, eternos rivais, viviam incertos, indecisos...

Ia começar o segundo tempo.

Gente de fora cantava, irritando, para exasperar Buritizal, que ouvia humilhado.

*É sopa!*
*É sopa!*
*É sopa! É sopa! É sopa!*
*Paulistanos!*

---

5   Meio-tempo (intervalo entre o primeiro e o segundo tempo da partida). (N.E.)
6   Jogadores. (N.E.)

*

A vitória já estava decidida. O Esperança perdera. Qual Tartico! Qual Dantinho! Eram leões morrendo. Heroicos, doidos, indomáveis. Mas era impossível. Todo Buritizal, cabisbaixo, o reconhecia. Morrera a grita amável das morenas. Os torcedores moços rasgavam o chapéu, davam murros no espaço...

E em meio àquele silêncio, imprevista, só a turma do Lírio, Negrão à frente, rouca, alucinada, não desanimava, gritando numa torcida maluca:

— Aí! Dantinho!

— Extrema, Chiquinho!

— Entra, Tartico!

(1931, *A cidade que o Diabo esqueceu.*)

# COLHER DE CHÁ

— Oxente! Se é pros bichinhos passarem fome lá embaixo — dissera Eufrosina — o melhor é não descer... Então não é?

Dona Filó (Filomena, trinta anos antes, quando os cabras do morro se esfaqueavam pela posse do seu corpo) não estava sendo legal. Do trato era não somente dez cruzeiros diários por garoto, ajuda quase ridícula com o feijão a sessenta, mas comida também.

Os moleques se queixavam. Estava na cara. Tinham emagrecido nos últimos tempos.

— É do trabalho. Eles não estavam acostumados — afirmou Filó.

— É da fome — revidou Eufrosina. — Então eu não sei?

E lá consigo lamentava que Deus tivesse chamado a velha Rita. Aquela, sim, tinha consciência. Trabalhara dois anos com os garotos, bem mais novinhos, sem dar razão de queixa. Os meninos voltavam cansados, mas a gente via: tinham comido, com a graça de Deus. A velha Rita não dava galho, não enquizilava os infelizes. Deixava-os brincar na calçada (até os passantes ficavam com pena de tanta inocência), pagava a diária direitinho, e dava comida, de fato. Unha de fome não era. Até peixe frito pagava nos botecos, quando os via de olho comprido, com o cheiro bom de encher a rua. "Não quero lombriga na barriga de ninguém", dizia a velha. Mas tinha havido aquela desgraça, o atropelamento, que Minguito e Delarme (nome de um tio deixado em Petrolina) ainda recordavam de olho arregalado. Deus tinha desses mistérios: chamava os melhores. A velha Rita não merecia fim tão cedo nem tão mau. Só houvera um consolo: Minguito, em meio à confusão, vendo a velha morta, achara jeito de esconder a féria. E só aí Eufrosina vira como os garotos rendiam... Dera até a tentação de descer também o morro e mendigar ela mesma, usando os filhos... Tinha a sua dignidade, porém. E sabia-se forte, rija, dura demais, apesar de fome tanta, para inspirar compaixão. Ouviria apenas o "vá trabalhar, vagabunda", que devolvera Emerenciana à dura peleja de lavar montanhas de roupa. Não tinha estômago nem cara para estender a mão à caridade.

*

Durante algum tempo se aguentara com os salvados da última féria de Rita (tinha uma úlcera boa, de inspirar compaixão e repulsa, podia até dispensar o chamariz das crianças). Não queria cedê-los de novo. Injusto botar no batente um menino de sete, um bichinho de cinco. Mesmo no tempo de Rita humana, tão boa, não gostava daquilo. Criança é cabrito de morro, com direito a correr e saltar, o anjo da guarda a evitar escorregões e quedas nos despenhadeiros. "Eles brincam lá embaixo", dizia Rita. Mesma coisa não era. E havia riscos de polícia intervir, Juizado de Menores, implicância do povo, automóveis na rua. A filhinha da Maroca, trabalhando com Savina, fora morta por um lotação. Espeto brincar em rua de gente com pressa. Bem mais seguro o velho morro... Mas aquela cabrocha da Mangueira enfeitiçara Sebastião. De cabeça tomada, Sebastião esquecera tudo: a construção civil, o barraco, a mulher, os filhos. Começara a beber, armava confusão, acabara em cana, metido com maconheiros, acampado num botequim com a maldita no bolso. Não voltaria tão logo. E voltaria para o seu barraco ou para o chatô da cabrocha viradora de cabeça de homem? Miséria negra renascia. Perder um dia recolhendo trouxas fedorentas em apartamentos de luxo (roupa suja de rico só o morro conhece...), perder outro devolvendo a roupa já limpa, ouvindo reclamação, madama deixando o pagamento para o fim do mês, atrasando semanas... e "não-me-use-água-sanitária!" Como se tanta sujeira saísse com reza... Dois dias perdidos em levar e trazer. Três dias perdidos no buscar água e lavar roupa. Sem tempo mesmo de ver os garotos, um terceiro na barriga, deixado pelo Sebastião... E a sogra, de corpo largado na esteira. E o dinheiro não chegando, ziquizira danada...

— Quer me ceder os meninos? — perguntou Filó, numa noite de angústia.

— Não quero filho meu pedindo esmola.

— Quem pede sou eu — argumentou Filó. Eles é só pra mexer no coração dos caras...

— Não quero filho meu crescendo vadio...

— Pedir esmola não é vadiação, é sina — disse dona Filó, com uma ponta de cinismo. — A gente tem que respeitar a vontade de Deus... Antes pedir esmola que pegar tudo quanto é vício. Lá, pelo menos, eu tou vigiando...

Assumiu um ar de educadora. E de comerciante. Em vez de deixar a criançada se perdendo no morro, com más companhias (o Lalau não tinha virado mariquinha?), bem melhor botá-los no trabalho ajudando a mãe cansada, se virando sozinha. E olhava com fingida pena a velha Engrácia, mãe de Sebastião, entrevada a um canto sobre três tábuas, coberta de trapos.

Querendo se convencer, Eufrosina objetou:

— Mas eles têm que ir pra escola...

— Onde? — riu a velha Filó.

Eufrosina pensou.

— Eu ganho quanto?

— Dez cruzeiros.

— Pelos dois? — rugiu. (Era o preço de Rita, mas a vida subira.)

Filó cedeu. Dez por cabeça.

— E comida?

— Claro.

— Feijão com arroz?

"Tá muito exigente", pensou a velha. Eles comiam arroz com feijão todo dia? Gostaria de ver... Mas não custava concordar. Prometeu. E os bichinhos desceram de novo...

As semanas passavam. Os moleques emagreciam. Eufrosina desconfiada. Perguntava. Comiam, sim. Pão velho. Restos de cozinha. Filó tinha ponto certo, numa porta de igreja. Mas para não gastar dinheiro em comida, saía na hora do almoço arrastando os garotos, de casa em casa, entrando em algum prédio grande, se o porteiro longe. "Chora de fome", dizia aos meninos, quando batia a alguma porta. Além de tudo, iam crescendo sem-vergonhas. E cada vez mais secos.

— Se é pra filho meu morrer de fome, ele morre aqui mesmo, sem passar vexame — esbravejou.

Filó explicou. Magreza? De fome, não, do crescimento. Menino quando espicha, afina.

— Não vê como estão crescidos? Delarme parece um galalau...

Que não fizesse mau juízo. Ela, Filó, era mão-aberta.

— Eu não te dei ontem dinheiro pra comprar um pirulito? – perguntou a Delarme, assustado.

O menino confirmou.

— E pra tu, não dei também? – perguntou a Minguito.

Dera.

— Taí. Fominha eu não sou...

Realmente, não chegava a mesquinha. Sorvete, pirulito, bala, pagava, sempre que pensava no filho morto vinte anos antes, de doença macaca. Só exigia que se escondessem na hora de tomar o sorvete, de chupar o pirulito. Quem dá esmola não gosta de pobre se regalando... Mas de fato, embora não o confessasse, evitava larguezas de arroz e feijão. Magreza é preciso, para a esmola vir... A disenteria de Delarme, semanas antes, fora um chuá... Ele ficava largado na calçada, olho redondo, olheira funda, mulher parava, até barbado, perguntava o porquê. E ela falando na doença de "meus netos", na filha tuberculosa, cujo marido saíra pra fazer um biscate e nunca mais dera notícias, no outro neto morrendo de febre no barraco sujo... Eufrosina bem que tentara reter Delarme se acabando. Mas dona Filó não iria perdê-la justamente quando mais lucrativo. E prometendo levá-la à Policlínica, descia apressada, beliscando os garotos.

— Caminha, senão a gente perde o bonde, cabra da peste!

Chegando ao ponto, a velha se transformava. Tudo Eufrosina sabia. Pegava Delarme, punha-lhe a cabeça no colo, começava a acariciá-lo com a mão livre, a outra ocupada nas esmolas que pingavam.

— Deus lhe aumente... Nossa Senhora que lhe dê em dobro...

Delarme – a natureza ajuda – tinha melhorado. Continuava magrinho – Deus era grande – e as esmolas choviam. Filó sabia do valor da fome em olhos infantis para quem vai almoçar em casa ou vem da feira. Mas não estava satisfeita. Cinco, sete anos, não comovem tanto. Bom mesmo é bebê. Do outro lado da igreja, ficava Porfíria, do morro do Querosene. Bebê de oito meses, com jeito de três, no peito seco. Dinheiro caindo. Pelegas de cinco. Pelegas de dez. Conselhos. Gente interessada. Filó com inveja. A colega nem pagava aluguel. Criança própria, sem pai conhecido, que a Porfíria pertencia a quem chegasse. Apenas mudara de vida quando viu no filho fonte de renda. Ela, Filó, estava muito velha para ter cria própria. Bem que tentava... Precisaria alugar. Sina triste... Deus só lhe dera um filho, que a doença levara. Aliás, naquele tempo, nem precisava. Era moça, boa demais, os homens se esfaqueavam pelo dom do seu corpo.

*

Nesse dia, voltou mais cedo. Surpresa no barraco.

— Alguma desgraça, dona Filó?

— Deixe de atentar, dona Eufrosina. Olha que os anjos dizem amém...

E Eufrosina, ainda assustada:

— A senhora chegando tão cedo... Não houve nada com os bichinhos?

— Deixa de agourar, criatura. Eu vim, porque tava com uma dormência nas pernas...

Eufrosina olhava inquieta. Alguma coisa a velha tramava. Ficou esperando. Veio logo.

— Eu vinha lhe propor um negócio.

— Qual é? – perguntou desconfiada.

Já no mês anterior Filó lhe trouxera a oferta de uma senhora da rua Domingos Ferreira que estava disposta a adotar o Delarme.

Filó olhou-lhe a barriga redonda.

— Você espera pra quando?

— Pra outubro — disse Eufrosina, em guarda.

— Nossa Senhora do Bom Parto que lhe ajude.

— Deus lhe ouça.

As duas mulheres se olharam.

— Está melhor? — perguntou Filó à entrevada, fugindo ao exame de Eufrosina, tomando coragem. A enferma respondeu com um grunhido.

— Tenha fé em Deus — disse Filó. — A senhora ainda vai levantar.

E voltando-se, afinal, decidida:

— Não leve a mal, dona Eufrosina. Mas você tá em dificuldade, não tá?

— Dificuldade? De quê?

— De grana.

— Ué. Sempre estive.

— Eu podia lhe ajudar.

— Como?

— Eu só lhe peço uma coisa: a preferência...

Demorou o olhar no ventre redondo.

— Ia ser uma colher de chá nesse Natal... Pra nós duas... tá?

Sebastião em cana. A mãe de Sebastião, peso morto no barraco. Freguesia de roupa, no momento, só duas. Uma atrasando nos pagamentos. Outra, dando quase nada. Por economia a cozinheira lavava em casa as peças menores. Dinheiro não chegava. Salvação ainda era o dinheiro dos garotos. Eufrosina rolava na esteira, lua entrando pelas frestas, quase claro o barraco. No ventre, pontapés, criança ajeitando o corpo, querendo sair. Teria leite? Como alimentar, depois, o filho? E como se arrumaria para descer à cidade a buscar roupa, criança no colo, chorando no bonde, só dois braços? Contaria com quem? Com os vizinhos? Com os parentes que não tinha? Com a sogra inútil, chorando de fome? Com Felismino, sempre com medo da velha, a perguntar se a velha falava, se a velha não falaria quando Sebastião voltasse? Com Felismino, que não trabalhava? Com Felismino, que só aparecia quando estava a nenhum?

Delarme tossiu. Eufrosina se ergueu, ajustou-lhe sobre o corpo nu o cobertor rasgado, herança de Rita.

— Amanhã — pensou — eu vou pedir perdão a dona Filó. Eu não devia ter xingado a mãe dela.

E se encolheu com frio no seu canto de chão.

(1963, *Zona Sul*.)

# VALENTE

— Este é manso?

— Uma seda — informou o caboclo.

— Não empina? Olhe que sou mau cavaleiro...

— Pode ficar descansado...

Montei, meio canhestro. Confesso que ia subindo pela direita, mas lembrei-me a tempo de uma indicação ouvida na infância, dei a volta por trás, de longe — não fosse ele me arrumar um coice! — e escanchei-me, como pude, no animal.

Já os companheiros de hotel galopavam longe. Tinham sabido escolher... Porque logo vi que o Valente — assim o chamara o rapaz — ia representar, para mim, muita dor de cabeça. Dei-lhe com os calcanhares nas ilhargas. O animal ergueu o focinho, bufou, baixou a cabeça, ficou firme.

— Vamos, Valente!

Tive a impressão de que ele enterrava as patas no solo.

— Como é, o bicho não anda?

— Meta o chicote — disse o caboclo.

Obedeci. O bicho imóvel. Olhei indignado o caipira.

— Anda, Valente — ordenou ele.

O animal ergueu a cabeça.

— Anda, Valente! — repetiu.

Valente bufou de novo e saiu trotando, um trote duro, rápido, emburrado. Meti-lhe os pés, novamente. Puxei as rédeas. Soltei. Puxei de novo. Quis mudar-lhe a marcha. Valente continuava a trotar, reagindo às vezes com bufidos bravios contra minhas tentativas de controle. Marchara cem ou duzentos metros. Súbito, parou, baixou a cabeça, olhou o capim e pôs-se a arrancar, com rumor, touceiras nutridas, que mastigava com gosto. Debalde chicoteei. Em vão usei as rédeas. Inutilmente dei-lhe patadas na barriga roliça, com tapas e chibatadas nas ancas redondas. Valente baixava o focinho, abocanhava a touceira, dava um puxavão, e ficava a marcar o compasso do mastigo com movimentos de cabeça para a direita e para a esquerda, desinteressado de vez pelo improvisado cavaleiro.

Resolvi encurtar a rédea, na primeira tentativa do matungo para voltar às vitaminas do chão. Mas ao ver que ele começava a levantar as patas dianteiras, ensofregado, achei melhor não insistir. Mais prático humanizar-me. O bicho devia ter fome. Que se alimentasse. Lutar seria inútil. Afrouxei as rédeas, esperei. A refeição recomeçou, já tranquila. Os braços moles, o rebenque largado, aguardei, paciente. Afinal, vi-o erguer a cabeça, devorar o último feixe de capim.

— Vamos, Valente.

Ele pareceu compreender. Estava satisfeito. E começou a caminhar. Animado, resolvi alcançar os amigos. Espicacei-o, com os calcanhares desajeitados, os pés a escapar-me do estribo, dificuldade enorme em encaixá-los de novo, aplicando o chicote que evidentemente não fazia mossa, no lombo do gorducho. Valente parecia ter ideias próprias sobre o assunto. Não mudava o passo. Ou melhor, se eu batia, diminuía a marcha. Se largava as rédeas, corria. E tinha um fraco por beira de estrada. Por mais que eu procurasse dirigi-lo, Valente insistia em marginar o caminho. E chibateado era eu, pelos ramos baixos. Um galho espinhento quase me levou o olho esquerdo, numa curva.

— Vamos pelo centro, cavalo sem-vergonha!

Ele relinchava bem-humorado, toc-toc-toc, parecendo encontrar um prazer infinito na manhã luminosa. Mas logo vi que a primeira refeição não bastara. E que ele gostava também de capim raso. Porque repentinamente quase lhe desci pelo pescoço. Valente encontrara, no meio da estrada, um capinzinho esquecido, baixo e sem maior importância. Estacou, soltou uma violenta baforada, como a expelir poeira e detritos, e, com volúpia, começou a comer. A experiência anterior me ensinara a esperar. Não fiz outra coisa. Que ele enchesse o bandulho. Creio que encheu. Sem a menor pressa, valha a verdade. De uma porteira à direita duas cabrochas apontavam, olhando-me, com visíveis sinais de estranheza. Surpreendido pela ironia que lhes boiava nos olhos, assumi o ar generoso do ginete compreensivo, que reconhece nos cavalos o direito universal de alimentar-se. Deixei cair mais a rédea, como se por vontade minha estivesse a comer, e pus-me a dar pancadinhas amigas no dorso onde a transpiração produzia uma desagradável umidade. Enxuguei na calça o suor repugnante. E comecei a assobiar, para fingir displicência.

As cabrochas seguiram, após um rápido exame, possivelmente convencidas — que sei eu? — do meu domínio do animal. Faziam sua poeirinha vermelha, cada vez mais longe. Afinal, debaixo de um barbatimão, lá na frente, onde uma revoada de anuns pairava ao sol, vi que uma delas se voltava. A companheira a imitou. Compreendi, então, que Valente já acabara de comer há muito e parecia disposto a fazer o quilo, imóvel, no meio da estrada, como se formássemos, eu e ele, uma estátua equestre em pleno campo. Aí deixei-me tomar de fúria infinita. E passei a escoiceá-lo de rijo, enquanto o chicote lhe cantava nas ancas.

Graças a Deus as garotas se haviam perdido numa curva distante, já não podiam ver o espetáculo daquela impotência: o campo, a estrada, a cerca, uma porteira aqui, o barbatimão ao longe, os anuns agora perto e um homem desesperado, aos pinchos, em cima de um cavalo de mármore cinzento.

— Anda, cachorro ordinário! Toca, burro morto! Caminha, sem-vergonha!

O triste foi que, na violência do furioso espancar, meu chicote voou. Estava agora em cima do bruto impassível, o sol cada vez mais ardente, dispondo apenas dos calcanhares, cujo efeito era nulo. Precisava reaver o chicote. Mas como? Sem descer, não seria possível. Deixei-me escorregar, num movimento inexperto, a rédea na mão. Quis pegar o chicote. Estava longe.

— Anda, Valente.

Valente desviou a cara, indiferença olímpica nos olhos. Puxei pela rédea, Valente inamovível. Ergui a mão para esbofeteá-lo. Não completei o gesto. Arreganhando os beiços, numa risada de dentes limosos, Valente choveu-me na cara e no peito um líquido pastoso, que me fez recuar, largando a rédea.

Limpando o rosto com a manga da camisa, senti o trágico da situação. E se o bruto fugisse? Num relâmpago, apanhei o chicote e, quase sem transição, consegui agarrar, assustado, a rédea, ganhando outra vez o relativo controle do bicho. A vontade era dar-lhe com o cabo do chicote nas fuças. Vontade sem coragem, claro. Mas fiz nova tentativa de arrancá-lo ao lugar. Frustrada, como seria de prever. Vocação dele era estátua. Resolvi então completá-la. Montei de novo. Olhei para os lados. Apenas o revoar dos anuns, que pareciam grasnar, num tom chocarreiro.

— Como é, Valente, vamos?

Falei com tal humildade que Valente pareceu comover-se. E num chouto pausado, regular, tranquilo, retomou a marcha.

O melhor é não irritar o infeliz, pensei. E fui deixando a rédea frouxa. Caminhamos assim um ou dois quilômetros. O Hotel Fazenda Santa Lúcia ficava a pouco mais de meia légua da cidade, onde meus amigos há muito esperavam por mim. Chegaria, afinal! Mas desgraça era a minha... Junto a uma nova porteira, a estrada se bifurcava. Sabia eu qual a que levava à cidade! Em direção a ela puxei a rédea. Mas já Valente barafustava para a direita. Puxei para a esquerda com mais força, Valente já com dois corpos adentro no caminho errado. Premido pelo meu gesto, Valente parou. Animei-me.

— Pra cá, Valente.

Valente parado.

— Vamos, Valente.

Valente emburrado.

De paciência me armei. Tolice teimar. Sempre de rédea puxada para a esquerda, fiquei esperando. Valente, de focinho forçado para a esquerda, esperava também. A uma distração minha, porém, afrouxando a rédea, ele se movimentou, dessa vez a trote, logo a seguir num galope festivo, no rumo para mim desconhecido, que se abria à direita.

E agora? Onde me levaria o canalha? Pelo menos o galope era mais tolerável que o trote duro, socador de entranhas. Mas para onde, meu Deus, para onde marchava? Di-lo-ia aquele crioulo que apontava na primeira curva. Perguntei gritando, que o galope era vivo.

— São João Nepo...

Não ouvi o resto, mas devia ser "muceno"... Lá ia eu... Pacatá, pacatá, pacatá... Valente devia ter encontro marcado, lembrara-se agora.

Porque o galope era cada vez mais veloz. Tinha pressa em chegar. Oxalá não fosse longe... E oxalá resolvesse voltar... Pacatá, pacatá, pacatá...

Eu já me agarrava ao santantônio, pelas dúvidas. Já tentara frear a marcha sem proveito. Ouvi, longe, um nitrido. Olhei. Égua devia ser. Pedi a Deus, com sinceridade, que não fosse ela o tipo de Valente. Felizmente não era, porque uma parada brusca daria comigo em terra, sem apelação. Valente nem olhou para a irmã de raça. Mas já se anunciava além um riacho.

— Deus permita que ele não esteja com sede — pensei em voz alta.

Ele estava. Diminuiu lentamente a marcha e se encaminhou para a ribanceira, que era abrupta e me levou a recorrer novamente ao santantônio. Desceu, com inesperados cuidados, entrou na água, tentei retê-lo, porque a água já me batia ao nível dos sapatos, foi em vão. Ele queria pelo menos um banho de assento. As pernas esticadas para os lados, numa ridícula atitude ginástica, esperei com paciência que Valente se desalterasse. Toda pressa anterior desaparecera. Ou talvez a corrida fosse apenas resultante da sede. Ele sabia onde encontrar água fresca, limpa, restauradora, naquela manhã de sol inclemente. Caprichos tinha. Bebia aqui, dava alguns passos, ia mais adiante, a água cristalina já a molhar os arreios. Depois, sorveu talvez meio litro, ergueu a cabeça, como quem lavava a bocarra e voltou-se, espadanando água, ribanceira acima.

— Iremos voltar? — perguntei-me, com profunda ansiedade.

Equilibrei-me como pude na sela, Valente a subir numa escalada fogosa. Já na estrada, muito sutil, não fosse irritá-lo, puxei de leve a rédea para a esquerda. Se ele estivesse disposto a regressar eu acenderia uma vela a Santo Antônio, que devia ser o protetor dos maus cavaleiros. Um movimento enérgico, voluntarioso, do animal, fez-me compreender que São João Nepo... — muceno, por certo – devia estar no seu roteiro. Desespero infinito me tomou. Não podia, de forma alguma, ficar aos caprichos de um cavalo velho, numa estrada desconhecida. Havia que reagir, de qualquer modo... Valente era teimoso? Teimoso eu seria. Dei então à rédea um puxavão brutal. O canalha empinou, como na estátua de não sei que general da Guerra do Paraguai. Por um triz não fui jogado ao ribeirão. Tratei de transigir. Afrouxei as rédeas. Eu, ele, o córrego, a paisagem tranquila, o sol cada vez mais alto. Veio-me a vontade de o largar ali mesmo. Havia mais de hora e meia que pelejava naquela agonia com o bruto indomável. Mas como voltar a pé, como prestar contas ao proprietário, como enfrentar a vaia dos companheiros de hotel? Não. Desistir não podia. Fosse tudo pelo amor de Deus... E quase me senti feliz quando vi que Valente resolvia caminhar, embora com destino próprio. Oxalá fosse apenas São João Nepomuceno... Sim, porque era impossível prever... E se ele resolvesse visitar a capital, a trezentos quilômetros? E se o dono me denunciasse à polícia como ladrão de cavalo? Toc-toc-toc, a marcha lenta. Marcha, não, trote sem rendimento, mais para me deslocar o fígado e os rins que por outra coisa. Mas, pelo menos, quem me visse de longe talvez pensasse que era eu quem ia a São João Nepomuceno... Toc-toc-toc... Surgia, agora, à beira da estrada, uma casinhola de barro socado, moleques brincando, uma cabocla no batente, a sugar um cachimbo comprido. Como quem precisa de apoio humano, cumprimentei-os com um gesto largo, só respondido pelos garotos, a cabocla impassível. Lá íamos nós, eu e Valente, agora pacatá, pacatá, pacatá, outra vez apressado. Se eu voltasse, ah se eu voltasse, moeria de soco, encheria de bofetões a cara do miserável que me alugara aquela seda... Ah, se eu voltasse...

Mas já se avistava ao longe o que devia ser São João Nepomuceno. Casas de taipa, uma ruela a subir. Que surpresas me reservava o patife? Já ganhávamos o povoado. Gente humilde, curiosa, acompanhava o nosso galopar intempestivo. Alcançávamos a praça da possível matriz. Valente conteve o passo, diante de um garoto a correr. Depois, encaminhou-se por conta própria em direção a uma vendinha, junto à qual o cinema anunciava função para o domingo seguinte, filme de faroeste, com um Buck Jones qualquer, as patas do bucéfalo à procura do céu, ele altaneiro e viril dominando-lhe a fuça. Rezei baixinho para que Valente não visse o retrato do colega americano. Se resolvesse imitar-lhe a atitude, que seria de mim, nem Buck, nem Jones, nem nada? Mas Valente não tinha o sentido do monumental. Era da teima simples e emperrada, primava pela resistência passiva. Eu ia ver, novamente. Porque se encaminhava agora a passo lento para um botequim onde seis ou oito indivíduos bebiam cachaça, batiam papo, descalços, chapéu de palha, os olhos em mim. Fiz uma derradeira tentativa para assenhorear-me da situação. Vi ser inútil, de novo. Valente se encaminhava para o botequim, estacava um segundo e, logo a seguir, duro de queixo e de vontade, subia na calçada, afastando um crioulo que me olhou de ar ofendido, dificilmente desfeito pelo meu bom-dia...

Será que ele vai entrar? – foi a minha pergunta mental. Não ia. Valente era estátua de novo ao longo da calçada de tijolos velhos e parecia simplesmente esperar – ordenar, seria o termo – que eu descesse. Realmente, seria a solução menos desonrosa. Pensariam que eu desejava comprar alguma coisa. Desci, vi um mourão providencial onde enrolei a ponta da rédea, muito sem arte, e entrei no botequim. Olhei o balcão modesto, as prateleiras quase vazias. Comprar o quê? Uma reminiscência do tempo infantil me veio à flor dos lábios e até hoje não me perdoo a estupidez da pergunta:

— Tem anil?

— É botequim — limitou-se a responder o proprietário, palitando a boca.

— Então me dê uma cachaça — acrescentei como náufrago.

O mulato apanhou a garrafa, estendeu-me um copo embaçado:

— Dupla?

— Pode ser.

\*

— O senhor está hospedado no Hotel Fazenda Santa Lúcia? — perguntou o mulato, preparando um palito com o facão.

Tomei novo gole — estava no terceiro copo — e confirmei.

— Tá na hora de voltar, doutor. Eles servem almoço até uma e meia. Depois, cobram extraordinário. Já "são" uma e vinte...

Eu era o único freguês, no momento. Os outros já se haviam retirado, exatamente para almoçar. Tranquilo, Valente continuava no passeio, uma ou outra vez ameaçando rebentar com a pata os velhos tijolos da calçada.

— É, tenho que rodar... — afirmei desanimado.

Ficara talvez duas horas no botequim, interessado em mil assuntos, a pedir informações sobre tudo. Salários, custo de vida, regime de trabalho, intrigas, politicagem, maledicência local. Claro que eu precisava montar. Havia que tentar a volta, mas não me atrevera a passar vexame diante daqueles homens simples, cujo olhar malicioso eu surpreendia a cada passo, em direção ao cavalo.

— Cavalo bom... — dissera um deles, a certa altura, e frouxos de riso haviam coroado a observação de aparência inocente.

Sem dúvida conheciam de sobra a fama do animal e esperavam que eu me resolvesse a cavalgar outra vez. Mas decidi adotar a política por ele seguida: resistência passiva. E continuei a beber e bater papo. Faria a tentativa com o mínimo de espectadores. Que foram, pouco a pouco, se dispersando. Um era chamado para a boia. Outro tinha, realmente, o que fazer. Por fim, meu público ficara reduzido ao Zé Mãozinha (quando lhe ouvi o apelido foi que notei o defeito). Ainda assim, hesitava. Já não tanto pelo receio do fiasco, quanto pelo horror da viagem de volta, que longa seria... Por isso entrava na cachaça, uma pinga de quarenta graus que recendia a léguas. Eu não fizera a menor alusão ao cavalo, apesar de todas as deixas e provocações. Oficialmente o animal era bom, oficialmente eu precisava de anil, que Zé Mãozinha mandara buscar na vendinha do Hilário. ("O senhor não precisa se incomodar..."). Mas fora inútil toda a minha discrição... Porque pouco depois de me recordar que estava quase a perder o almoço, Zé Mãozinha, com a maior naturalidade, me avisou:

— O senhor querendo voltar, já pode...

Encarei-o, sem entender.

— Agora já pode voltar — repetiu, apontando, com o palito recente, o animal que se agitava.

— É tempo de Valente voltar. Tá na hora do milho...

Deixei cair a máscara, na alegria da libertação.

— Tem certeza, Mãozinha?

A cachaça nos fizera amigos.

— Eu conheço esse patife há dez anos... Pode montar que ele agora vai...

— Tem certeza, Mãozinha?

Atirei com o dinheiro no balcão, apanhei a rédea, montei apressado. Zé Mãozinha dissera a verdade. Mal sentiu o meu peso, Valente ergueu o pescoço altivo, sem esperar comando, nem tive tempo de gritar até logo. Num segundo cruzamos a praça, alcançando a ruela infeliz. Ao ganhar a estrada, num último adeus, voltei-me. Da porta do botequim Zé Mãozinha me chamava, com sinais desesperados, agitando qualquer coisa no ar. Compreendi logo o que se passava. De fato, para pagar vinte mil-réis eu dera uma nota de duzentos. Mas nem eu nem Valente estávamos interessados no troco.

(1973, *Balbino, homem do mar.*)

# NOTA BIOGRÁFICA

Orígenes (Ebenezer Themudo) Lessa foi um trabalhador incansável. Publicou, nos seus 83 anos de vida, cerca de setenta livros, entre romances, contos, ensaios, infantojuvenis e outros gêneros. Como seu primeiro livro saiu quando ele contava a idade de 26 anos, significa que escreveu ininterruptamente por 57 anos e publicou, em média, mais de um livro por ano. Levando em conta que produziu também roteiros para cinema e televisão, textos teatrais, adaptações de clássicos, reportagens, textos de campanhas publicitárias, entrevistas e conferências, não foi apenas um escritor *full time*. Foi, possivelmente, o primeiro caso de profissional pleno das letras no Brasil, no sentido de ter sido um escritor e publicitário que viveu de sua arte num mercado editorial em formação, num país cuja indústria cultural engatinhava. Esse labor intenso se explica, em grande parte, pela formação familiar de Orígenes Lessa.

Nasceu em 1903, em Lençóis Paulista, filho de Henriqueta Pinheiro e de Vicente Themudo Lessa. O pai, pastor da Igreja Presbiteriana Independente, é um intelectual, autor de um livro tido como clássico sobre a colonização holandesa no Brasil e de uma biografia de Lutero, entre outras obras historiográficas. Alfabetiza o filho e o inicia em história, geografia e aritmética aos 5 anos de idade, já em São Luís (MA), para onde a família se muda em 1907. O pai acumula suas funções clericais com a de professor de grego no Liceu Maranhense.

O menino, que o assistia na correção das provas, produz em 1911 o seu primeiro texto, *A bola*, de cinquenta palavras, em caracteres gregos. A família volta para São Paulo, capital, em 1912, sem a mãe, que falecera em 1910, perda que marcou a infância do escritor e constitui uma das passagens mais comoventes de *Rua do Sol*, romance-memória em que conta sua infância na rua onde a família morou em São Luís.

Sua formação em escola regular se dá de 1912 a 1914, como interno do Colégio Evangélico, e de 1914 a 1917, como aluno do Ginásio do Estado, quando estreia em jornais escolares (*O Estudante*, *A Lança* e *O Beija-Flor*) e interrompe os estudos por motivo de saúde. Passará, ainda, pelo Seminário Teológico da Igreja Presbiteriana Independente, em São Paulo, entre 1923 e 1924, abandonando o curso ao fim de uma crise religiosa.

Rompido com a família, se muda ainda em 1924 para o Rio de Janeiro, onde passa dificuldades, dorme na rua por algum tempo, e tenta sobreviver como pode. Matricula-se, em 1926, num Curso de Educação Física da Associação Cristã de Moços (ACM), tornando-se depois instrutor do curso. Publica nesse período seus primeiros artigos, n'*O Imparcial*, na seção Tribuna Social-Operária, dirigida pelo professor Joaquim Pimenta. Deixa a ACM em 1928, não antes de entrar para a Escola Dramática, dirigida por Coelho Neto. Quando este é aclamado Príncipe dos Escritores Brasileiros, cabe a Orígenes Lessa saudá-lo, em discurso, em nome dos colegas. A experiência como aluno da Escola Dramática vai influir grandemente na sua maneira de escrever valorizando as possibilidades do diálogo, tornando a narrativa extremamente cênica, de fácil adaptação para o palco, radionovela e cinema, o que ocorrerá com várias de suas obras.

Volta para São Paulo ainda em 1928, empregando-se como tradutor de inglês na Seção de Propaganda da General Motors. É o início de um trabalho que ele considerava razoavelmente bem pago e que vai acompanhá-lo por muitas décadas, em paralelo com a criação literária e a militância no rádio e na imprensa, que nunca abandonará. Em 1929 sai o seu primeiro livro, em que reuniu os contos escritos no Rio, *O escritor proibido*, recebido com louvor por críticos exigentes, como João Ribeiro, Sud Mennucci e Medeiros e Albuquerque, e que abre o caminho de quase seis decênios de labor incessante na literatura. Casa-se em 1931 com Elsie Lessa, sua prima, jornalista, mãe de um de seus filhos, o também jornalista Ivan Lessa. Separado da primeira mulher, perfilhou Rubens Viana Themudo Lessa, filho de uma companheira, Edith Viana.

Além de cronista de teatro no *Diário da Noite*, repórter e cronista da *Folha da Manhã* (1931) e da Rádio Sociedade Record (1932), tendo publicado outros três livros de contos e *O livro do vendedor* no período, ainda se engaja como voluntário na Revolução Constitucionalista de 1932. Preso e enviado para a Ilha Grande (RJ), escreve o livro--reportagem *Não há de ser nada*, sobre sua experiência de revolucionário, que publica no mesmo ano (1932) em que sai também o seu primeiro infantojuvenil, *Aventuras e desventuras de um cavalo de pau*. Ainda nesse ano se torna redator de publicidade da agência N. W. Ayer & Son, em São Paulo. Os originais de *Inocência, substantivo comum*, romance em que recordava sua infância no Maranhão, desaparecem nesse ano, e o livro será reescrito, quinze anos depois, após uma visita a São Luís, com o título do já referido *Rua do Sol*.

Entre 1933, quando sai *Ilha Grande*, sobre sua passagem pela prisão, e 1942, quando se muda para Nova York, indo trabalhar na Divisão de Rádio do Office of the Inter-American Affairs, publica mais cinco livros, funda uma revista, *Propaganda*, com um amigo, e um quinzenário de cultura, *Planalto*, em que colaboram Mário de Andrade, Sérgio Milliet, Tarsila do Amaral e Di Cavalcanti. Antes de partir para Nova York, já iniciara suas viagens frequentes, tanto dentro do Brasil quanto ao exterior – à Argentina, em 1937, ao Uruguai e de novo à Argentina, em 1938. As viagens são um capítulo à parte em suas atividades. Não as empreende só por lazer e para conhecer lugares e pessoas, mas para alimentar a imaginação insaciável e escrever. A ação de um conto, o episódio de uma crônica podem situar-se nos lugares mais inesperados, do Caribe a uma cidade da Europa ou dos Estados Unidos por onde passou.

De volta de Nova York, em 1943, fixa residência no Rio de Janeiro, ingressando na J. Walter Thompson como redator. No ano seguinte é eleito para o Conselho da Associação Brasileira de Imprensa (ABI), onde permanece por mais de dez anos. Publica *OK, América*, reunião de entrevistas com personalidades, feitas como correspondente do Coordinator of Inter-American Affairs, entre as quais uma com Charles Chaplin. Seus livros são levados ao palco, à televisão, ao rádio e ao cinema, enquanto continua publicando romances, contos, séries de reportagens e produzindo peças para o Grande Teatro Tupi.

Em 1960, após a iniciativa de cidadãos de Lençóis Paulista para dotar a cidade de uma biblioteca, abraça entusiasticamente a causa, mobiliza amigos escritores e intelectuais, que doam acervos, e o projeto, modesto de início, toma proporções grandiosas. Naquele ano foi inaugurada a Biblioteca Municipal Orígenes Lessa, atualmente com cerca de 110 mil volumes, número fabuloso, e um caso, talvez único no país, de cidade com mais livro do que gente, visto que sua população é atualmente de pouco mais de 70 mil habitantes.

Em 1965, casa-se pela segunda vez. Maria Eduarda de Almeida Viana, portuguesa, 34 anos mais jovem do que ele, viera trabalhar no Brasil como recepcionista numa exposição de seu país nas comemorações do 4º Centenário do Rio, e ficará ao seu lado até o fim. Em 1968 publica *A noite sem homem* e *Nove mulheres*, que marcam uma inflexão em sua carreira. Depois desses dois livros, passa a se dedicar mais à literatura infantojuvenil, publicando seus mais celebrados títulos no gênero, como *Memórias de um cabo de vassoura*, *Confissões de um vira-lata*, *A escada de nuvens*, *Os homens de cavanhaque de fogo* e muitos outros, chegando a cerca de quarenta títulos, incluindo adaptações.

É nessa fase que as inquietações religiosas que marcaram sua juventude o compelem a escrever, depois de anos de maturação, *O Evangelho de Lázaro*, romance que ele dizia ser, talvez, o seu preferido entre os demais. Uma obra a respeito da ressurreição, dogma que o obcecava, não fosse ele um escritor que, como poucos no país, fez do mistério da morte um dos seus temas recorrentes. Tendo renunciado à carreira de pastor para abraçar a literatura, quase com um sentido de missão, foi eleito em 1981 para a Academia Brasileira de Letras. Dele o colega Lêdo Ivo disse que "era uma figura que irradiava bondade e dava a impressão de guardar a infância nos olhos claros". Morreu no Rio de Janeiro em 13 de julho de 1986, um dia após completar 83 anos.

*Eliezer Moreira*

**GRÁFICA PAYM**
Tel. [11] 4392-3344
paym@graficapaym.com.br